AF252659

LE POËTE.

ÉPITRE

QUI A REMPORTÉ LE PRIX
de l'Académie Françoise en 1766.

Par *M.* DE LA HARPE.

Ingenium cui fit, cui mens divinior, atque os
Magna fonaturum . . . . *Hor.*

A PARIS,

Chez REGNARD, Imprimeur de l'Académie
Françoise, Grand'Salle du Palais, à la
Providence, & rue baffe des Urfins.

M. DCC. LXVI.

LE POËTE.

ÉPITRE A MON AMI.

Disciple ambitieux du Dieu de l'Harmonie,
Qui cédant, jeune encore, à l'inftinct du génie,
Épris de l'Art des Vers, charmé de fes douceurs,
Fis tes premiers fermens aux autels des neuf Sœurs;
Je fers ce même Dieu que tu choifis pour guide,
Il rend notre amitié plus douce & plus folide;
L'un par l'autre affermis, d'un pas moins hafardeux,
Dans les mêmes fentiers nous marchons tous les
     deux.
Tels on voit deux ruiffeaux, qui baignant une plaine,
Dans un lit refferré ferpentoient avec peine,
De leurs naiffantes eaux fe prêter le fecours,
S'embellir l'un par l'autre & croître dans leur cours.

Tu veux donc aujourd'hui que mes crayons févères
Du Poëte à tes yeux tracent les caractères.
Tu voudrois reconnoître à d'infaillibles traits
Celui qui d'Apollon a furpris les fecrets,
Qui reçut en naiffant le talent de tout peindre,
Et le don de créer & le droit de tout feindre,
Et qui fut en un mot deftiné par les Cieux
A parler aux humains le langage des Dieux.
Les Rimeurs font nombreux, & le Poëte eft rare.
Quels font donc les préfens que le Ciel lui
       prépare,
Alors qu'à ce grand titre il daigne l'appeler ?
Et quels tréfors en lui doit-il accumuler ?

Si l'on n'eft pas fenfible, on n'eft jamais fublime,
Mais fur-tout le mortel que Calliope anime,
Doit porter fur fon front, doit nourrir dans fon
       cœur
De tous les fentimens la féconde chaleur,
Doit avoir d'autres fens que la foule groffière :
Le monde eft à fes yeux une immenfe carrière,
Un théâtre de gloire élevé pour fon art,
Et que doit du génie embellir le regard.

En voyant la nature il ne peut se contraindre,
Il sent à son aspect qu'il est né pour la peindre;
Son talent le poursuit, tout sert à l'exciter:
Il a vu les objets, sa voix va les chanter.
Regardez dans un Port, au moment d'un orage,
Les crayons dans la main, Vernet sur le rivage.
Immobile, il promène un œil observateur,
Des flots amoncelés mesure la hauteur,
Fixe le noir foyer où la foudre s'allume,
La vague qui se brise & retombe en écume,
Saisit dans un lointain des débris de Vaisseaux,
Et la cime d'un mât chancelant sur les eaux;
Ses pinceaux rediront ce qu'a senti son ame.
Tel, frappé des objets dont la beauté l'enflame,
Le Poëte à l'instant va les multiplier
Sous les riches couleurs que lui seul peut broyer.

Mais ces divers tableaux déployés à sa vue,
De son vaste regard bornent-ils l'étendue?
Bornent-ils son essor? Eh! qui peut l'arrêter?
Loin du monde connu je le vois s'emporter.
Viens, viens l'environner de tes aimables songes,
Imagination, mère des doux mensonges,

Sœur de la Poëfie & fon plus grand appui,
Il t'appelle, il t'attend ; viens créer avec lui.
C'eft toi qui fous les mains du Chantre de la Grèce
Bâtis de Calipfo la grotte enchantereffe.
Tu dreffas ce bucher arrofé de nos pleurs,
Où Didon de l'amour expia les erreurs.
Tu forgeas pour Achille une favante armure,
Et tes mains de Vénus ont tiffu la ceinture.
Déeffe du Poëte, accompagne fes pas :
Soit que des paffions il trace les combats,
Et que m'intéreffant à de feintes allarmes,
Il me faffe chérir mon erreur & mes larmes ;
Soit que me conduifant en des lieux enchantés,
Il m'ouvre le féjour des tendres voluptés,
Et que par un effet de ton pouvoir magique,
Il vole avec Renaud fous un ciel fantaftique ;
C'eft à toi qu'il devra fa gloire, fa grandeur,
Son titre le plus beau, le titre d'inventeur.

Mais dans tous les momens je veux le reconnoître
A ce feu qui s'échappe, & dont il n'eft pas maître.
Dans les cercles choifis où l'ufage & fes loix
De notre efprit né libre ont affervi les droits,

Où des conventions le pouvoir arbitraire
Nous retient sous un joug, peut-être néceffaire,
Où le Sage attentif à ne rien offenfer,
Regarde autour de lui s'il ofera penfer ;
Là l'enfant d'Apollon s'égare, s'abandonne,
Il rompt d'un entretien la froideur monotone,
Il m'échauffe, il me plaît, j'aime à voir fa candeur
Énoncer fortement ce qu'éprouve fon cœur.

J'aime qu'au nom d'Homère il s'anime & rougiffe,
Qu'à celui de Zoïle il s'indigne & frémiffe.
Ainfi que fes écrits, il eft fimple & fans fard ;
Il parle avec tranfport des maîtres de fon art,
Aux accens de leur voix ouvre une oreilie avide ;
Il les voit & les fuit dans leur effor rapide.
Lui-même en fon ivreffe il veut les égaler,
Dans le champ de la gloire il eft prêt à voler.
Il prépare, il faifit cet inftant de délire
Où l'ame doit céder au befoin de produire.
Ses vers feront à lui, j'y verrai fa couleur ;
Son ftile mâle & plein n'aura point la langueur
De ces Écrivains froids qui dans leurs jeux pénibles,
N'étant que doucereux, penfent être fenfibles,

A iv

Et rebattant toujours leurs insipides airs ;
Sans Flore & les Zéphirs n'auroient point fait de
    vers.

Quelques mortels ont pu, sans offenser les Graces,
Se couronner des fleurs écloses sur leurs traces ;
Accorder à leurs voix un luth voluptueux,
Et livrant au repos des jours infructueux,
Dans leurs tendres chansons tracer avec aisance
D'un esprit foible & doux la molle nonchalance,
Mais fuyez l'air frivole & le rire apprêté
De cet Auteur contraint dans sa fausse gaité,
Qui peut-être est fort sage & vante la folie,
Qui veut nous amuser quand lui-même il s'ennuie,
Chante la volupté qui s'enfuit de ses bras,
Et nous glace au récit des plaisirs qu'il n'a pas.

Par un effort nouveau l'auguste Poësie
S'éleva de nos jours vers la Philosophie.
Osez du moins la suivre en son illustre essor,
Parvenu dans sa sphère, osez l'étendre encor.
Qu'un sublime talent soit un talent utile.
Pensez comme Platon, chantez comme Virgile.

Que le Sage vous life, & de la vérité
Reconnoiffe la force, & même la fierté.
Que votre ame fur-tout nous parle en vos ouvrages.
Savez-vous ce qui peut unir tous les fuffrages,
Plaire à tous les efprits, à tous les goûts divers ?
C'eft un beau fentiment rendu dans un beau vers.

Ce n'eft qu'à ce feul prix, fous cette loi févère,
Que fauvés des retours d'un fuccès éphémère,
Chez nos derniers neveux les fruits de vos loifirs
Vous affurent des droits fondés fur leurs plaifirs.
Tout Écrivain fans doute eft épris de la gloire ;
Mais cette noble ardeur de vivre en la mémoire,
Cet inquiet élan vers la poftérité,
Cet invincible amour de l'immortalité
D'un Poëte fur-tout eft le vrai caractère,
Non ce frivole orgueil du bel efprit vulgaire,
Qui brigue un vain encens qu'il devroit rejeter,
Ou pourfuit des honneurs qu'il faudroit mériter.
Mais ce pur fentiment, ce défir fi fublime,
D'être cher aux humains & grand par leur eftime,
Ce puiffant aiguillon qui produit les fuccès,
Qui réveilloit jadis le Vainqueur de Xercès,

La gloire se refuse à l'adresse, à la brigue,
Elle fuit loin d'un cœur avili par l'intrigue ;
Mais elle aime à descendre au séjour retiré
Où médite le Sage à l'étude livré,
Et de tous ses rayons la clarté réunie
Brille dans la retraite où veille le génie.
C'est elle seule enfin qui devant les talens,
Ouvre de l'avenir les trésors consolans.
C'étoit de son aveu que l'ami de Mécène,
S'écrioit, je vivrai. Toi qui sur notre scène
Fis régner l'harmonie & ses sons enchanteurs,
Qui n'eus qu'un seul rival & tant d'imitateurs,
Toi, dont l'Auteur du Cid en sa gloire immortelle,
Fut le prédécesseur & non pas le modèle,
O Racine ! ô grand Homme ! alors que ton pin-
        ceau
Traça des passions un éloquent tableau,
Quand la première fois ta main sage & hardie
Offrit du cœur humain l'histoire approfondie,
En vain quelques esprits par la haine excités,
Contre un si beau triomphe en secret révoltés,
Annonçoient que ton nom déchu dans la mémoire,
Un jour perdroit l'éclat de sa première gloire.

Alors encouragé par la voix de ton cœur ;
Plus que par Despréaux & son encens flatteur ;
Tu difois avec lui : » Non, les races futures
» Ne méprileront point ces favantes peintures ;
» Ces traits de vérité, ces touchantes couleurs.
» Hermione & fa rage, Andromaque & fes pleurs ;
» Charmeront le François, épris de fon théâtre,
» Du plus brillant des arts conftamment idolâtre ;
» Et fi la Renommée, & cette augufte voix
» Qui juge les talens, les vertus & les Rois ;
» De la nuit des tombeaux interrompt le filence ;
» Un jour peut-être, un jour les cris d'un peuple
        immenfe ,
» Attestant de mon art les immortels effets,
» Réveilleront ma cendre au bruit de mes fuccès.

Ton cœur eft pénétré de ces grandes images ;
Tu vis dans l'avenir, tu devances les âges ;
Et tu fais de ton art fentir la dignité.
Un attribut augufte, un devoir refpecté,
Trop rarement connu des enfans du Permeffe ;
Pourroit de leurs travaux relever la nobleffe ;

La vérité. Je fais que leur premier défir,
Leur plus beau privilége eft de tout embellir.
Boileau chante Louis que l'Univers honore,
Et le nom de Boileau s'en agrandit encore.
Le Chantre harmonieux du jour de Fontenoi,
Eft plus cher à la France en célébrant fon
    Roi.
Orner la vérité, c'eft l'emploi du génie.
Mais qu'on ait vu Lucain, flattant la tyrannie,
Efclave dans fa mort, efclave dans fes vers,
Placer au Ciel Néron qu'a flétri l'Univers,
Voilà l'excès honteux dont la vertu murmure.
Nul talent n'a le droit d'ennoblir l'impofture ;
Ou s'il s'eft dégradé par ce coupable abus,
Quel droit lui refte-t-il de chanter les vertus ?

S'il eft bas de flatter, il eft affreux de nuire,
Le fuccès ne peut même illuftrer la fatire,
Et fes traits deftinés à corriger les mœurs,
Trop fouvent de la haine ont fervi les fureurs.
L'Arrêt qui la profcrit, enchaînant la vengeance,
Au talent qu'on outrage ordonne le filence.

Quoi! dis-tu, qu'un grand Homme entouré d'en-
    nemis

Par l'impunité même accrus & raffermis,

Oubliant à la fin sa force & leur foiblesse,

Les rappelle un moment à leur propre bassesse,

Quel mortel inflexible ose le condamner ?

Celui qui sait se taire, attendre & pardonner.

Tu connus, tu suivis cette vertu si pure,

Toi qui te défendis de repousser l'injure,

Qui de la calomnie éprouvas la noirceur,

Sans que jamais son fiel altérât ta douceur,

O Philosophe aimable ! ô sage Fontenelle !

Ton cœur étoit heureux : ta gloire en est plus
    belle.

Plus d'un Sage accablé par ses persécuteurs,

Descendit dans la tombe au bruit de leurs cla-
    meurs ;

Mais toi dans le repos tu terminas ta vie ;

Ton silence & tes ans ont fatigué l'envie.

Son exemple sans doute a peu d'imitateurs :

Il est fait pour ton ame, il réglera tes mœurs.

Avec ces sentimens qu'adopta ton courage ;
Avec ce premier feu, le trésor de ton âge ,
Tu cours d'un pas hardi la carrière des arts ;
Tu n'en vois que l'éclat & non point les hasards.
Vas, ne t'arrête pas dans ta course rapide ;
Ce bel enthousiasme est ton plus heureux guide.
C'est dans notre printemps qu'au fond de notre
      cœur ,
La gloire fait entendre un cri toujours vainqueur ;
Que règne sur nos sens l'illusion puissante,
Des talens de l'esprit souveraine inconstante.
Mais de notre matin ces fortunés présens
Sont séchés quelquefois vers le soir de nos ans ;
De la maturité les conseils plus tranquilles
Offrent à nos désirs des objets plus utiles ;
Et les jardins d'Armide & leur prestige heu-
      reux ,
Ces cieux purs & brillans s'éclipsent à nos yeux.
C'est à la gloire, Ami, qu'appartient ta jeunesse.
Ménage les instans de sa féconde ivresse.
Je m'anime avec toi : tu conduisis mes pas
A ces jeux du génie , à ces nobles combats.

(15)

Ton exemple, tes soins, ton amitié fidelle,
De mes foibles talens ont nourri l'étincelle.
Ah! si dans ces momens où mon cœur enivré,
Par l'orgueil poëtique est peut-être égaré,
Rempli d'un avenir que mon ardeur dévance;
J'embrassois les erreurs de la douce espérance,
Te dirai-je les vœux que formeroit ce cœur?
Tout combattant aspire au titre de vainqueur:
Et moi j'ose prétendre un plus cher avantage.
Qu'entre nous, s'il se peut, la palme se partage,
Que chacun de nous deux puisse en un si beau jour
Des lauriers d'un Ami se couvrir à son tour!
Que ce double triomphe auroit pour moi de
      charmes!
Et qu'il me seroit doux, en confondant nos larmes,
De voir à mes plaisirs ton cœur associé,
Et de sentir la gloire au sein de l'amitié!

F I N.